A.A. Bort

Shot

~Shot~

*del 1
offentliggjort marts 2014.*

A.A. Bort

Shot

Copyright 2014 by A.A. Bort

all rights reserved

ISBN Nr.:1496135229

henvisning

Denne bog er kun for voksne.
Børn og unge under 18 år bør ikke læse denne bog.

kapitel 1

Jeg ser min kone og lukke mine øjne.
Hvem ser mig ?
Hun sover.
Jeg vinkede ud af vinduet , men ingen bølger tilbage .
Jeg går til hende og strøg hendes kind.
Jeg lukker mine øjne igen.
Memories kommer over mig.

Jeg går til min datter , hun sover .
Jeg ser dem , og spekulerer på, om de skal udholde smerten ved livet.
Jeg lukker mine øjne , og tryk puden på hendes ansigt.
Hun kæmper , men jeg er stærkere.

Jeg henter min pistol og forlader huset.
Har noget menneske fortjener at have et lykkeligt liv ?
Er der nogen glade mennesker ?

Jeg går ned ad gaden .
Hvorfor gider mig disse spørgsmål?
Fyr på den anden side af vejen ser ud til at holde øje med mig .
Jeg går forbi ham.
En cigaret ville være rart nu.
Hvorfor er jeg så nervøs ?
Ah en kiosk.
Guy bag tælleren ignoreret mig .
Måske skulle jeg bare lade ham sove.
Hvorfor tænker jeg på noget.

Det gør mig syg .
Det forekommer mig, som om nogen styre mine tanker.
Men hvem ?
Hvad ville der ske, hvis jeg ikke tror ?
Nej, det kan du ikke.

Ved enden af vejen , stopper jeg .
En letpåklædte kvinde kommer til mig og spørger mig,
om jeg ønsker at have lidt sjov .
Fun?
Det eneste, jeg kunne tænke på var et kort svar , at det
ikke var , så de havde forventet .
Jeg kan forestille mig under sjov ikke før, en inficeret
bakterier tæve , et sted at mødes i et lille rum .

Hun er gal , tror jeg.
En mand stod lige bag mig , føler tegnet og forsvinder
med hende ind i den næste gade side.
Jeg spekulerer på, om der også er kvinder, der ikke går
gennem livet med spredte ben .
Hvorfor er verden sådan et forfærdeligt sted ?

To typer køre forbi mig.
De tale på et sprog, jeg ikke forstår.
Hvorfor folk ikke justere ?
Hvis jeg skulle gå til et fremmed land , ville det være
min pligt at tilpasse mig der .
Det gør mig ondt .
Jeg ville elske at skyde dem.
Men hvorfor skal jeg pleje hvad andre gør ?

Hvad driver mig ?
Livet slutter på et tidspunkt alligevel.
Uanset om jeg har en masse penge eller slet ingen.
Ved udgangen du har noget af det.
Jeg fortsætter .

Måske bringer mig en film til andre tanker.
Den næste film , stopper jeg .
En film kaldet "The biler dag " var .
Ved kassen , ingen er , vil jeg gå ind og satte sig i den sidste række .
Hvorfor skal jeg altid sad baglæns?
Da jeg sad fremad , er filmen ikke bedre.
Heldigvis havde jeg ikke betale noget .

Jeg tror, en øl ville være godt , måske jubel mig lidt op.
I baren er nogen , vil jeg tilbage .
Jeg spekulerer på, om den fyr, der som regel de mennesker serveret her er faldet i søvn på toilettet, når pooping .
For nogle mennesker , man spørger sig selv , hvis det virkede med evolution.
Noget ophidser mig siden mine skoledage.
Det når verden ville ødelægge sig selv og starte forfra ville være bedst.
Hvorfor skulle det komme til det ?
Disse spørgsmål gør mig syg , det føles som mit hoved ville briste .
Jeg fortsætte denne forfalden vej.

Da den forreste del af bygningen, det firma, hvor jeg

arbejder.
Jeg skulle stoppe ved en sidste gang.
De nat vagter skæve med hævede fødder i sin stol , jeg smide ham mit adgangskort til maven.
Elevatoren ikke ud til at virke .
Det føles ikke så , som om ville være muligt at trykke på knappen.
Så tager jeg op ad trappen.
Kys min røv, du knepper teknik del .

På tredje sal i Naslaf GmbH er min arbejdsplads .
En almindelig skrivebord job og modtage opkald , nedskrive kundeønsker .
Ikke noget særligt .
Mit skrivebord ser så tom , at navneskilt er væk.
Måske de allerede vidste , at jeg ikke kommer tilbage i morgen.
Men hvordan ?
Jeg sagde, at jeg ikke har noget , måske de ønskede at opsige mig ?
Men hvis det klør , i aften er det sidste .
Jeg tror, det ikke er nok længere.
En ting der er tilbage at gøre for mig.
Jeg forlade bygningen og komme videre.
Jeg kender vejen , jeg er nødt til at gå til det omsider at afslutte , men jeg behandle ham .
Mine tanker summende rundt i mit hoved.
Jeg kunne bare gå tilbage og leve mit kedelige , pre-tygget liv.

Hvor skal man begynde , hvis du ønsker at komme

tilbage på det hele , at noget slemt vil en ?
Åh, der synes mere end at være noget sker.
Politi sirener og en ambulance .
Er kender huset , der lever et arbejde kollega.
Jeg præsentere mig selv til menneskemængden , der ser alt nøjagtigt som gjorde turen til at skyde en film med deres mobiltelefoner.
Det er virkelig en kvinde som djævelen saves på min stol , da de , 6 måneder siden , er blevet indstillet.
De passer hende , selv i døden, hun er stadig på udkig efter opmærksomhed.
Klædet , der dækker hendes krop er fuld af blod.
Dødsattesten sandsynligvis bemærkes, at vinflaske helt fast i røven, da hun blev fundet.
Den politimand, der står på hans bil , gnister noget .
Vi er på udkig efter en hvid mand , mellem 35 og 45 , omkring 1,80 meter høj , pas han er bevæbnet .

Dejlig beskrivelse kan også gælde for mig.
Ærgerligt jeg er for sent.
Jeg ville have ønsket , frygten set i hendes øjne , før hun døde .
Jeg fortsætter skuffet.

Det ville have været interessant for mig, hvorfor de ikke kan lide mig fra begyndelsen.
Det minder mig om en straight, den arrogante CEO for min bank , bor på et par gader .
Jeg køre hurtigere.
Lad os se, om det giver mig nu et lån.
Da jeg havde brug for ham , han afviste det med en

provokerende talemåde .
Selv da jeg gerne ville have ham smidt gennem vinduet på hans kontor.

Ah , så det er at efterleve denne verdens riger .
Et palads ved siden af den anden.
Selv alene postkassen i hans hus ville have dækket mit lån .
Det er stille , lyset er tændt.
En fyr styrter ud af døren, en hue på hovedet .
Han ser sig omkring og løber væk .
Døren er åben , vil jeg gå ind i det.
På jorden er det , den idiot .
Under ham , blod løb fra hans krop .
Jeg er sent igen .
Han bestemt ikke kun forstyrre mig .
Jeg sparke ham til hans ansigt, men det bevæger sig ikke. Fede svin .
To skudhuller i hans bryst.
Hvis jeg havde gjort nøjagtig det samme.
Jeg forlader med et smil på hans ansigt, hus.
Dag synes at være natten.
Men til hvad ?

Noget er ikke lige her.
Jeg føler observerede .
Mit sidste håb om at finde fred tilsyneladende ønsker at tage væk nogen.
Den sygeplejerske, der gav min mor, da jeg blev født for meget smertestillende medicin , mit næste mål.
Men jeg er nødt til at tage bussen .

Eller måske du foretrækker den sporvogn ?
Endnu et andet spørgsmål , vil jeg ikke gerne have at beslutte.
Jeg går til busstoppestedet og til min overraskelse , kommer direkte til bussen.
Sjældne nok, at tiderne er til tiden.
Men han stopper ikke ved , jeg stampe mod den bevægelige bus.

Det begynder at regne, der passer.
Efter yderligere 10 minutter , kørebane , jeg endelig nå sporvogn station.
Selvfølgelig , hun driver mig bort foran næsen.
Chaufføren kunne have ventet mindst , har han set mig endnu.

20 minutter senere nu endelig kommer det næste spor.
Jeg kravler ind på bagsædet.
Toget skal vente , politiet og ambulancer er allerede på vej igen.
Ved springvandet vej jeg kommer ud.
Fra en afstand , kan jeg allerede se, at i den vej, hvor sygeplejersken havde boet tidligere flash, de blå politiet lys .
Måske en tilfældighed?
Jeg gå forbi og se mig kort ved dette.
Som jeg havde frygtet , at hun er død
Synes at være sprunget ud af vinduet .
Hvilken slags af en nat ?

kapitel 2

Hej, jeg er Tamara , og jeg er ny her .
Læreren er en dum kælling .
Hvorfor er de tvinger mig til at præsentere mig selv ?
Den helt griner på mig, ikke?
Åh nej , nu vil jeg også præsentere dig for mine forældre.
Min far arbejder i en virksomhed i byen.
Naslaf GmbH er det navn, jeg tror .
Min mor er den mest tid i hjemmet eller på deres yoga time.
Endelig må jeg sætte mig og få direkte et papir bold på hans hoved.
Jeg vidste det, alt stinker.

Skolen er ude , og jeg tror , at jeg ikke vil gå der .
Og jeg har aldrig ønsket at skifte skole og gå i gymnasiet .
Hvorfor er mine forældre , der beslutter for mig ?
Jeg ville ønske, jeg kunne nu gå stjæle en flaske vodka og få drukket , så jeg glemmer alt dette.
Jeg tror, jeg vil ringe til min kæreste Kerstin på .
Så kan vi afhænge lidt .
Funny , hun ikke gå væk .
Ellers kan jeg altid nå dem.
Jeg har allerede tænkt hun har nye venner.
Der virkelig ikke tage lang tid.
Mand jeg er pissed .
Jeg kan også have det sjovt alene.
Åh nej, der er min mor.

Hvorfor har de samle mig op ?
Hun har aldrig gjort andet.

Dagen er gået , nu er jeg nødt til at gå hjem .
Hun går ikke til vores hus , og generelt er det meget rolig .
Normalt hun taler som et vandfald .
Jeg spekulerer på, om der er sket noget .
Hun sidder på en kunstig grin og siger, at alt er i orden .
Enhver, som tror .

Måske kan jeg gå væk om aftenen , så i dag .
Når det kombineres med den idé om, hvor er anderledes, jeg har en chance .
Hun kan ikke svare mig .
Noget er galt med hende.
Hun stopper ved et apotek og siger, at jeg skal blive i bilen.
Hvad fanden sker der her ?
Senere vil jeg tale med min far.
Måske er han ved, hvad der foregår?

Hjem til sidst .
Min mor forsvinder ind i soveværelset og siger ingen lyd.
Jeg tror, hun græder , så jeg lod dem foretrækker at arbejde alene.
Jeg Ah , min PC, mindst én ven stadig .
Tid kontrollere e-mails.
Intet interessant , lad os se på Facebook .
Blot seks ?

Timerne går så hurtigt, når du sidder ved pc'en.
Min far er der ikke.
Jeg vil spørge min mor.
På min banke på døren , hun ikke reagerer.
Jeg åbner døren, hun er der ikke.
Underligt, de normalt ville stadig nødt til at lave mad .
Jeg vil gå til bedstemor og bedstefar , er måske det bedre af det.
Den lommepenge er allerede brugt op, så jeg går til fods .
Der er kun et par gader væk.

Bilen min mor er med dem ved døren.
Nu hyler hun stadig fuld, eller hvad?
Ah , nu er de også stadig ude af huset.
Jeg skjuler snarere , ikke at hun stadig vil have mig til at tage hjem .
De taler ved hoveddøren , alle tre ser bekymret .
Endelig er hun væk.
Jeg går til døren og banker .
Ingen af gøre op.
Jeg banke igen, men højere.
Ingenting, ingen følelser .

Jeg går til min gamle skole , måske hængende på skolegården et par folk væk , jeg kender.
Jeg er nødt til at tænke på andre ting.
Hvad interesserer mig mine forældre ?
De er ligeglade , selv for mig .
Vej til skole er ikke langt .
Det var så smukt som jeg kunne gå til mine

bedsteforældre hver eftermiddag efter skole.
Måske er min mor var altid sådan, bare jeg har aldrig set det ?

Endelig dag tager en god tur.
Kerstin er i skolegården , med to andre piger .
Hun ser på mig, men synes ikke at blive imponeret .
Hun spørger mig, hvad jeg laver her .
Jeg ville men nu på en anden skole , noget bedre , siger hun nedsættende .
Jeg bliver vred, gå til de to andre piger , med den undskyldning, at de er nødt til at gå hjem .
Jeg har intet ønske om at skændes .
Jeg fortæller hende , at hun er min bedste ven og for at stoppe provokere mig.
Mine fingre knække , når jeg bider i en knytnæve .

Det må have gjort ondt .
Fuld på næsen.
Med hensyn til politiet?
Spins ?
Jeg ønskede ikke stenen , hvorfor er den der.
Hun bløder hoved.
Tilsyneladende har ingen set .
Jeg bringe dem til mit hus.
Da hun vågner , kan vi tale om det , og jeg kan sige undskyld .
Åh Gud er hårdt, tro mig, i hvert fald de mennesker, som jeg ønsker at bringe hende med til lægen .
Jeg håber, at min mor er i soveværelset , så kan jeg smugle dem rene .

Så gjort, jeg lagde dem i min seng og spekulerer på,
hvordan det kom til at være .
Min far er hjemme .
Hvad gør jeg nu ?
Hvordan kan jeg forklare ham ?
Okay , er det allerede mørkt, jeg bare gøre lys og
forsvinder .
Så selv loftet over det.

kapitel 3

Mit liv er lort.
Hvad har jeg?
En mand, der ikke længere er tikkende ordentligt.
En datter, jeg ikke forstår.
Det eneste jeg har er mine yoga timer.
Nå manden er ude af huset, nu endnu datteren skib til skole, hvorefter det så går til yoga.
Åh denne nagende, fordi skole.
Child kæft.
Ud af jer vil være bedre tider hvad.
Men jeg fortæller hende ja uger.
Jeg håber, der ombrydes, når den er faldet ind i den nye skole.
I bilen, vil jeg køre dig der hurtigt.

Jeg forstår ikke barnet.
Du skal ikke være så trodsig, kan de ikke ændre det.
Den bedste måde jeg taler med sin lærer, før noget går galt.
Kvinden synes at være rart.
Jeg har en god fornemmelse af, at de kan integrere min datter godt.
Kan også stoppe gange for at snakke?
Jeg kan endelig gå, gemmer klokken mig fra snakken.
Nu skynder til yoga, det eneste, der stadig er fyldt med glæde.
Og denne fyr, der kører kurset.
Ramos, pakket fra top til bund med muskler.
Ikke en dud ligesom min mand.

Men vi har en datter, kan jeg ikke få en skilsmisse.
Også, jeg elsker ham på en måde stadig .
Ups, nu har jeg kørt over for rødt lys.
Heldigvis skete der intet .

En eller anden måde har jeg på fornemmelsen, at Ramos specielt behandlet mig .
Kun for mig det korrigerer positionen som han ønsker at røre mig .
Hvad jeg forestiller mig , anyway?
Sådan en ung fyr, der endnu har bestemt hundredvis af kvinder , der jager ham.
Hvordan? Hvad ?
Han ønsker at tale med mig efter kurset .
Men nu er jeg nysgerrig.
Endelig er også væk i slutningen og den sidste.
Jeg er alene med ham.
Hvorfor er jeg så nervøs ?
Måske på grund af de ruder af butikken ?
Har jeg virkelig bare tænkt på?
Mit undertøj er våd.

Han taler til mig, men jeg kan kun stirre på hans mund , jeg ikke forstår, hvad han siger.
Jeg tror, han indså det og smiler til mig .
Han spørger, hvad der er galt med mig.
Jeg ved ikke, hvad jeg skal sige .
Han kysser mig, jeg har lyst til i himlen.
En blanding af lykke og ren glæde .
Han kysser min hals og hvisker noget ind i mit øre .
Han trækker på min arm , jeg forsøger at sætte en kamp

imod det, men ikke gør det og gå med ham ind i det lille rum .
Langsomt tager han mig ud af min trøje.
Jeg lukker mine øjne , mit hjerte banker op i mit hoved.
Det er noget jeg længe har ikke følt.
Han nappede på mine brystvorter.
Da min mand har gjort for sidste gang ?
Min mand ?
I denne korte øjeblik, kan jeg nødt til at gå let .
Men det er for sent.
Mine bukser er allerede på jorden .
Ramos dons ned shorts.
Store, er han ikke.
Han skubber mine ben til siden og er i mig .
Er jeg så våd ?
Det er, hvad min mand aldrig gjort det .

Jeg føler mig dårligt .
Hvad har jeg gjort?
Ramos siger, at vi igen til os, er helt normalt i løbet af den næste time yoga.
Hvis jeg føler, at jeg bare skulle komme sammen ?
Hvad denne fyr tænker .
Hvad gør jeg nu ?
Det er på 13 ur .
Tamara fra skole .
Jeg tager hende med mig, så jeg er nødt til at se mine forældre.

Kan pigen undertiden holde sin kæft ?
Jeg har andre bekymringer.

Jeg tror, jeg er syg .
Ah , et apotek.
Så til sidst derhjemme.
Et eller andet sted i soveværelset, jeg har et par tabletter
mod hovedpine .
Min krop går amok .
Nu skynd dig at mine forældre.
Jeg har brug for rådgivning .

Min far ser glad ud .
Skal jeg virkelig byrde dig med mine problemer ?
Min mor bager en kage.
Crap , der er helt gled mit sind , ja Tamara har over
fødselsdag i morgen .
Min mor er bekymret.
Jeg ville se dårligt.
Jeg kan ikke tale med dem om det .
Jeg er forvirret , ville jeg hellere gå .
Min far skal naturligvis , som altid, stadig give en tale .
Må jeg endelig gå ? Tak !
Sommetider han taler om en halv time , mens jeg er
næsten ved bilen.
Var det min datter , fordi bag buskene ?

Nej , hun vil igen spilde hele dagen på pc'en.
Hvorfor jeg kører planløst gennem byen ?
Der er kun én måde jeg nødt til at fortælle ham.

kapitel 4

Jeg Ramos , totalt cool og kram.
Hvorfor får jeg op hver morgen i spejlet og spørge mig om det?
Uanset hvad, er jeg liderlig .
I dag kan jeg få fat i denne liderlig tæve så gange .
De venter bestemmes det allerede, ligesom de andre.
Så jeg har dem alle, så snart lagt fladt .
Forhåbentlig snart nye kvinder kommer til dette , så har jeg flere valgmuligheder.
En smule parfume og selv da kan du begynde .

Hvorfor skal jeg altid have morgenmad i restauranten samme ?
Åh ja, æggene er stadig ret hårdt.
Jeg kan lide at have hårdkogte æg i mine tænder .
Jeg skulle ringe igen Guillermo tider.
Har sådan en stor røv .
Har musen bare blinkede til mig?
Selvfølgelig , hvad ellers?
Jeg er Ramos og uimodståelig .
Åh, jeg må til kurset.
Bare en lille mund spray, så nu selv .

Hej kære , Åh ja tiltrækker dine stramme toppe.
Det gør mig allerede totalt cool .
Jeg vil kigge lidt mere igen til liderlige tæve.
Ja, ligesom dig baby .
Jeg ser på uret.
Jeg spekulerer på, om tiden ikke kunne komme hurtigere

rundt .
Min pik vibrerer allerede formelt .

Nå, i sidste , så man tæver derefter komme ud her.
Oh yeah baby, kom her.
Nu har jeg dig ret .
Jeg synes, det er usikkert.
Når jeg kysse hende nu, kan hun ikke engang hjælpe ,
men lad mig løb .
Ah arbejdet .

En eller anden måde føler jeg mig ikke noget.
Det er alt for vådt.
Skal jeg få dig et håndklæde, eller skal jeg kneppe dig
tør nu?
Åh , hvis ikke, bør de bare suge pikken til mig.
Så det mindste jeg kan forestille mig , at det er
Guillermo mig.
Jeg tror, jeg skal gå til plads her kan slettes.
Åh , jeg tror nu er det langsomt.

Nu er hun væk , en god ting.
Jeg kalder Guillermo , jeg har brug for det nu rigtigt.
Åh, kun i aften .
Jamen så går jeg købe en flaske champagne .
Så kan jeg efterlade mig en bi tatoveret på hans fod
footer stadig .
Faktisk kunne jeg stadig gøre en aftale.
Hvorfor kan jeg kun tænke på Guillermo hale ?
Det gør mig skør .
Så hjemme , dør til , så jeg går efter en lidt tilbage .

21 ur ringer, Guillermo er der.
Endelig kan du gå .
Åh mand , jeg er træt .

kapitel 5

Her til morgen er slemt som hinanden .
Jeg skal arbejde.
Hvorfor arbejder du?
Er livet bare at arbejde der ?
Eller er det lort samfund , der tvinger dig ?
Man kan ikke bestemme sit eget liv.
Min kone ser på samme måde.
Ellers ville ikke være dårligt for år humored , hver morgen kaffen rørt ned .
Efter alt, hun tager sig af husholdningen .
I dag synes de at være i godt humør .
Jeg kastede et blik på kalenderen.
Åh, Tamara i dag i en ny skole .
Jeg skal tale med hende igen om det.
Hvad der allerede arbejder for 9 ur , jeg er nødt til at gå.

Jeg hader det drev til at arbejde.
Den nattevagt sidder hver morgen i godt humør i sin stol .
Sikke en idiot .
Første af en kop kaffe.
Nej, ikke den dumme ko.
Jeg lytter ikke , la la la .
Hvis cares ?
Ja , du ville være meget bedre, hvis du var på mit indlæg .
Fuck dig i knæet , dum kælling .
Jeg må hellere gå til mit sted .
Nu møder jeg selv chefen.

28

Værre kan ikke være en i morgen .
Bla , bla, bla , mere salg , selvfølgelig, jeg ryste mine kunder ud af din røv .
Telefonen ringer .
Hvilket er bedre ?
Med chefen til at tale , hvor han taler om , og jeg er nødt til at lytte , eller fortæller en kunde af mig nogen uinteressante ting om hans liv.
Jeg vælger telefonen og sætte telefonen til side.

Frokostpause.
Og igen denne dumme ...
Oh hvad er det , jeg får min mad og sætter mig ganske godt.
Puljen , hvorfra man kan endda høre på den anden side af lokalet .
Kvækker til dem sluge dig over dine dårlige vittigheder og lort historier.
Er jeg virkelig glad for, at pausen er forbi ?
Forhåbentlig har jeg ikke denne kvinde ses i dag.

17 ur sidste aften fest.
Men hvad jeg søger ?
Hvad min kone bringer på den dårlige fødevarer tilbage på bordet ?
Måske jeg skulle finde mig en hobby.

Selvfølgelig , jeg er ligesom hver aften i en trafikprop .
Kan ikke engang bygge flere spor ?
Eller forbedre lyskryds system ?
Nej, så stationerne ville tjene endnu mindre.

En af de forvaltnings idioter Jeg ville elske at fange alene, i en mørk gade .

Hjem til sidst .
Funny , betyder det ikke lugter som mad, kan ikke høre fjernsyn.
Jeg går ind i soveværelset , min kone sidder på sengen .
Hun græder , hvad der skete.
Hun har hvad?
Og hun har taget alle tabletterne , de kunne finde.
Jeg vil stille og satte sig ned.
Hun ligger ned og lukker øjnene .
For allersidste gang .

Jeg bliver vred, nå for min pistol og forlader huset.
Nu er det nok for mig.
Først får jeg at tæve fra arbejde.
Heldigvis har hun altid udbasuneret omkring, hvad en smuk ejerlejlighed har det, og hvor det er.
Jeg får i bilen.
Red Light , fodgænger sagen , uanset .
Nu er alt jeg er ligeglad.
En skrigende standse foran huset.
Jeg åbner min bildør .

Som ville være på dørklokken " kælling ", jeg ved præcis, hvor jeg er nødt til at gå.
Jeg træder ind gennem døren .
Hun kommer ud af bruseren og græder, når hun ser mig .
Jeg fortæller hende , at hun skulle holde hende dumme

mund.
Når hun græder igen, jeg trækker på aftrækkeren.
Virkningen er så alvorlige, at de går ned mod væggen og en stor blod plet blade på det.

Naboerne hørte hende skrige og komme over .
Jeg er nervøs og løbe væk.
Hvor er jeg?
Jeg føler sig fortabt .
Dette område ser bekendt ud .
Er det ikke den fyr fra min bank ?
Jeg løber lige imod ham.
Han løber ind i sit hus , det er nok på den pistol, jeg har i hånden .
Jeg er ligeglad , jeg er bag .
Jeg fra pres , det falder på jorden.
Når han ønsker at sige noget, skyder jeg en mere tid på ham.
Guldet cap jeg tager .
Hvorfor ?
Da jeg går ud af døren , jeg bemærker noget .
Hvad er dette?
Jeg har kun én gang ud herfra.

Jeg hopper i sporvognen.
Bare så træt .
Igen denne mærkelig følelse.
Jeg kommer ud et eller andet sted .
Også på dette område ser bekendt ud .
Nej, det kan det ikke være.
Tja, hvis jeg er her, jeg kan denne dumme kælling ud

også for retten.
Efter alt , dræbte de min mor.

Jeg tror, hun ikke genkende mig.
Men til sidst kan jeg gange efter at have spurgt hvorfor.
Hun er en gammel kvinde , hun siger hun ikke kan huske noget.
Det betyder ikke noget .
Jeg trykker hende pistolen til hans hoved og trykke på aftrækkeren .
Blodet sprøjtede mig i ansigtet.
Det er ulækkert.

Jeg tænker .
Det er virkelig mangler, er en af disse Jogalehrer .
Men jeg har ingen idé om, hvor det svin bor .
Så er der kun én mulighed.
Jeg venter til i morgen , jeg ser for et hotel.
Måske er det ikke så smart , men jeg vil tilbage .
Jeg får et par ting ud af huset.

Jeg havde troet , at politiet måske nu ville være i nærheden.
Efter alt , blev min bil stadig stående på denne dumme kælling foran døren.
Jeg går ind i huset , når jeg opdager, at det er sikkert.
Jeg går ind i soveværelset
Jeg ser min kone og lukke mine øjne .
Hvem ser mig ?
Hun er død
Jeg bølge fra vinduet.

Hvorfor gjorde jeg det?
Jeg går til min kone og kærtegnede hendes kind.
Jeg lukker mine øjne igen.
Memories kommer over mig.

Jeg går til min datter , hun sover .
Jeg ser dem , og spekulerer på, om de skal udholde smerten ved livet.
Jeg lukker mine øjne , og tryk puden på hendes ansigt.
Hun kæmper , men jeg er stærkere.
Jeg kan se, at det ikke er min datter .
Hvad har jeg gjort?

Jeg henter min pistol og forlader huset.
Igen, denne mærkelige følelse , det føles mere og mere.
Det tager pusten fra mig .
Jeg ændre den side af vejen, men skal stoppe kort .
Har jeg set en skygge ?
På det næste gadehjørne , pludrer mig en hore .
Jeg lod mig glide let og gå med hende til hjørnet .
Jeg er ligeglad .
Jeg klemmer hendes hoved mellem mine ben .
Da det var overstået , jeg ramte hende med pistolen i hans ansigt og spurgte hende, hvorfor hun ikke har lært et anstændigt job .
Jeg er fra en lille sidegade , er der to typer at møde mig .
Jeg skal endelig gå til et hotel .

kapitel 6

Larry, de siger , at de gerne vil have en familie?
Hvad fanden var det?
Nu er min hjerne spiller tricks på mig allerede.
Det er morgen .
Jeg vil brusere.
Blodet , der klæber til mig , allerede er encrusted .
Mit had er stadig større end i går .
Nu er det tid, vil jeg slagte disse Jogalehrer ,
forhåbentlig gjorde jeg så min fred.

Så mange yoga klasser , så der skulle ikke være i byen ,
ja.
Jeg bestiller en taxa.
Taxachaufføren driver en komisk rækkevidde .
Det ser næsten ud , som om han ville køre til mit hus.
Nu siger han det.
Han havde hørt , at i går her et mord er blevet begået.
Det minder mig , hvor er min datter ?

Taxaen stopper ved en butik, der ikke ligner du kunne
spille sport der .
Det ser ud som om der strække og strække en spanier
eller noget lignende .
Jeg går ind i det .
Jeg spørger ham, om han er Ramos .
Han nikker .
Jeg tager pistolen og skyde ham i hovedet.
Jeg føler mig ikke glad.
Tilbage i taxa , jeg siger til chaufføren , vil han køre mig

35

tilbage til hotellet.
Han spørger hotel?
Ønsker de at gå hjem ?
Hvor jeg har plukket dem ?
Jeg bare nikker .
Havde jeg ikke gået i aftes på et hotel?

Taxaen stopper ved biografen , jeg kommer ud .
"The biler dag " lyder godt.
Jeg har tænkt mig at se denne film .
På box office , ingen er .
En eller anden måde jeg lyder bekendt .
Hvorfor er jeg nogensinde fik ud af taxa ?
Jeg er forvirret .
Larry ?
Hvad ?
Der er ingen her .
Og hvem er nogensinde Larry ?
Da jeg satte mig ned i biografen sæde , jeg hører politiet sirener , de stormer biografen.
En af dem er foran mig.
Han råber til mig, vil jeg smide pistolen.
Hvilken pistol ?
Hvorfor jeg sigter pistolen mod politimanden ?
Jeg føler en dunk i brystet.
Det gør ondt, kan jeg ikke holde mine øjne åbne .
Det er helt sort omkring mig.
Hvad er der sket ?
Det er mørkt .
Er, at livet efter døden?
Sludder, jeg kunne ikke tænke om det længere , right?

kapitel 7

En cigaret ville være rart.
Jeg ryger ikke , men .
Men Larry ryger.
Hvem er Larry ?
Larry blev skudt.

Igen og igen dette navn.
Jeg kender ham ikke .
Måske han kender min kone.
Jeg leder efter .
Det lugter igen efter denne usædvanlig dårlig kaffe .
Jeg gå i køkkenet og spørge min kone , om hun kender Larry .
Hun ser på mig, som om jeg havde sagt noget forkert og tænder en cigaret .
Siden hvornår hun ryger ?
Hun ved ikke, Larry godt , siger hun.
Jeg går ud af huset, få i bilen og kører på arbejde .

Den nattevagt stopper mig.
Han spørger mig, hvem jeg vil, og hvis jeg har en aftale.
Jeg fortæller ham , at jeg arbejder her .
Han griner .
Han havde aldrig set mig her .
Før jeg forlader , spørger jeg ham, om han kender Larry .
Han skriger , skulle jeg forlade bygningen straks .
Jeg er i bilen og kigge på min hånd.
Jeg ved ikke, hvad de skal gøre .

Jeg forlader motoren , jeg kører til huset af denne dumme kælling .

Min bil bugseres.
Men jeg sidder stadig i min bil.
Det er ikke min bil.
Hvem ejer denne bil?
Jeg stoppe og komme ud.
Jeg ser på de to biler.
De har endda den samme nummerplade .
Blår lastbilchauffør tilsyneladende også tiltrække opmærksomhed .
Han fortæller mig, at jeg skal flytte væk , ellers min bil trukket væk.
Jeg forsøger at forstå, hvad der foregår her.

Huset er slukket .
Så jeg var her , ikke?
Blår lastbilchauffør fortæller mig, at jeg ikke skal gå derind.
Hvad fyren forstyrrer overhovedet ?
Larry var her , siger han grinende på mig og forsvinder med sin bil ved at køre ud på fuld gas.
Jeg får hovedpine .
Jeg ved ikke hvorfor , men pludselig har jeg til at tænke på min datter.
Jeg kravle tilbage ind i bilen og køre til deres nye skole .

Måske skulle jeg ikke falder direkte ind i et af klasseværelserne , men det bare er ligeglad.
Jeg spørger min datter Tamara .

Læreren fortæller mig, at der ikke er en elev på skolen ,
som kaldes Tamara .
Min hovedpine bliver værre .

kapitel 8

Larry ? Larry ?
Har du været i søvn ?
Nej, hvorfor ?
Døden er nær.
Larry blev skudt.

Hvad er der galt med mit hoved?
Min kone, min datter?
Er jeg ved at blive skør ?
Jeg går tilbage til bilen , venter der nogen.
På mig?
Den fyr ser godt ud, næsten lidt ligesom mig.
Er det Larry ?
Før jeg siger noget , siger han, at han ikke er Larry og vidste ikke, hvem han er.
Men han fortæller mig, at jeg bør se på den gamle skole min datter .
Jeg ved ikke hvorfor , men jeg har tillid til dette underlige fyre.
Jeg træder ind og køre væk .
Jeg behøver heller ikke kigge langt , min datter står foran skolegården.
Hun ryger ?
Nej, det kan ikke være .
Larry ryger ?
Jeg slog mit hoved på rattet .
Jeg komme ud og gå til hende.
Hej, skat.
Du svarede mig , og spørger, om jeg vil tænde den .

For det ville jeg være 30 år, siger hun.
Hendes veninder true mig, at de ringer til politiet .
Jeg siger, at jeg er ked af det , jeg har forvirret dem .
Jeg føler mærkeligt.
Igen, denne mærkelige følelse.
Jeg spørger, om de ved, hvem er Larry .
Jeg skal pisse mig af .
Jeg vil hellere gå .
På vej til bilen, kalder en af pigerne , Larry .
Jeg vender mig rundt .
Med et djævelsk smil , kalder hun Larry blev skudt.
Skolen klokke ringer , pigerne løber ind i det.
Hvordan kan jeg finde ud af, hvem det er Larry ?
Selvfølgelig går jeg til politiet.

På politistationen, stjæler over mig igen en underlig følelse .
Når jeg er på den række , jeg bare spørge lige ud , hvem er Larry ?
Han ser mig op og ned.
Larry er død
Jeg spørger , hvad der skete i går .
Politimanden synes ikke at forstå.
Jeg fortæller ham , at jeg havde set de mange politibiler og ville spørge mig, hvad der foregik.
Han kunne ikke fortælle mig det.
Det ville være bedre, hvis jeg ville gå nu.
Jeg vil ikke gøre det for mig.
Den fyr har sikkert aldrig hørt om respekt.
Hvorfor er jeg så gal på den fyr?
Min hjerne er i strejke.

Jeg kommer ikke videre.
Jeg går og køre hjem .
Nøglen passer ikke ind i låsen.
Døren åbnes, min kone står foran mig og spørger , hvem jeg var .

kapitel 9

Jeg vågner op.
Min bedstemor kalder mig .
Du ønsker at bage en kage.
Det er min fødselsdag.
En eller anden måde , men jeg føler ingen glæde.
Hvorfor var i går politiet på vores hjem ?
Min bedstemor ser trist .
Hvor er min bedstefar ?
Hun skubber mig og lykønskede mig .
Jeg tager min rygsæk og gå ud af huset.
Skolen er ikke langt .
Kerstin venter på den anden side af gaden.
Hun synes ikke at genkende mig , snarere at observere.
Som jeg komme tættere , hun bølger.
Skolen er lort , jeg ville foretrække ikke at gå der længere .

Under den første pause , så kommer en sjov fyr til mig og kalder mig kæreste .
Der er allerede nysgerrige mennesker .
Han spørger mig, om jeg kender Larry .
Hvem er Larry ?
Efter skole , jeg går med Kerstin til mine bedsteforældre
.

Bordet er dækket med fint porcelæn .
Min bedstefar er stadig ikke hjemme .
Hans plads er tom , betyder det ikke komme.
Jeg spurgte min bedstemor , hvor han er .
Hun siger intet og distraherer fra motivet.

Jeg føler mig sløj.
Jeg er Kerstin, at de skal gå.
Noget er ikke rigtigt i mit liv.

kapitel 10

Hvem er Larry ?
Jeg er Larry .
Larry blev skudt.

Kort efter , jeg sidder ved bordet i køkkenet.
Jeg spørger min datter , hvis hun ser frem til den nye skole .
Hun smiler og knus mig.
Hun er glad faktisk .
Min kone kommer til det .
Efter en lang kys, jeg går ud af huset og kører på arbejde .

Jeg er den lykkeligste person i verden .
Nattevægter mødt mig varmt .
Vi har en kop kaffe sammen .
Min chef kommer til det, vil vi snakke.
I elevatoren , min chef fortæller mig, at jeg skulle komme igen med min kone til middag.
Måske vil jeg ikke komme tilbage en fed godtgørelse for mit gode arbejde.
Mine kolleger er vidunderligt.
Det , som var re- justeres 6 måneder siden er så sød .
Hun spørger mig hver morgen en kop kaffe på min plads og blinker til mig .
Du vil ikke forvente mere ?
Åh , hvad jeg tror.
Du ved, jeg er gift .
Telefonen ringer , går jeg løb .
Åh skam allerede lukketid.

Nå , så jeg tager hjem.
Lad os se, hvad min kone har kogt lækker .

Jeg åbner døren, det lugter som kød.
Jeg tager en dyb indånding og gå i køkkenet .
Hun ser så sexet som hun vrikker hendes røv foran ovnen.
Jeg kramme hende , det føles så godt .
Jeg går ind i soveværelset .
Der , min kone sidder på sengen , græder hun .
Jeg ser i køkkenet, hvor hun også er .
Jeg ligger på ryggen i mit hus.
Jeg føler en smerte i brystet.
Min datter kommer gennem hoveddøren .
Hun har en blodig kæreste med ham.
Hun trækker hende ind i hendes værelse .
Min kone ikke mærke til , at hun fortsætter med at lave mad.
Denne kvinde i soveværelset , trække mig ind og smækker døren.
Min kone kommer ud af køkkenet , jeg liggende ved siden af vores ægteskab seng.
Hun åbner døren .
Hun ser sig selv
Kvinden sidder ved siden af mig , trækker sin pistol og skud.
Både for at falde.
Jeg får kold .
Jeg lukker mine øjne .

Jeg åbner mine øjne.

Jeg ser min kone og lukke mine øjne .
Hvem ser mig ?
Hun har skudt sig selv.
Jeg vinker i hendes retning , men hun har ikke vinke tilbage .
Jeg står op, er smerter i brystet væk.
Jeg går til min kone og kærtegnede hendes kind.
Jeg lukker mine øjne igen.
Memories kommer over mig.

Jeg går til min datter , hun sover .
Jeg lod hende sove.

kapitel 11

Jeg forlader huset.
Hvad er der sket ?
Jeg får mig en pakke cigaretter .
En vej er en yderligere bar
Jeg har brug for en whisky .
Mine erindringer stemmer ikke overens med virkeligheden.
Hvem skød min kone?
Har hun skød sig selv ?
Det kan ikke være , vi var så glade.
Jeg ville have at ringe til politiet.
Tror nu, at jeg har skudt dem .
Denne mærkelige fornemmelse af det bliver stærkere.
Den whisky smager som vand, men det koster mig en procentdel af min månedsløn.

Baren lukker , hvor skal jeg hen?
Min dejlig kollega , jeg kender ingen andre .
Forældrene til min kone ville spørge dumme spørgsmål , hvorfor jeg strejfer natten til tre af området.

Jeg går ned ad gaden .
Hvorfor føler jeg ingenting?
Min kone er død i vores seng.
Derovre er huset af min kollega, arbejde .
Politiet står foran hendes dør .
Før mig, en fyr kører , er Larry ?
Mit arbejde kollega er død
Hvad er der sket ?

Jeg kan ikke forestille mig noget mere , jeg går på arbejde .

Den nattevagt sover .
Jeg føler, at noget er bag mig, men jeg ser intet .
Jeg tager elevatoren .
Jeg oprydning min plads, vil jeg ikke arbejde her mere .
Jeg blokere elevator med en kasse .
Jeg er færdig .
I elevatoren , jeg spekulerer på, hvad jeg kan gøre nu .
Det er lyst , vil jeg gå få noget morgenmad .
Er det et tilfælde, at jeg kan lide denne shop?
Operationen ser ud til at kende mig, men jeg ved det ikke.
Hun taler til mig .
Hej Larry, som altid ?
Jeg fortæller hende , da hun gentog det , en kop kaffe og en bolle .
Hun siger, hun ved, hvad jeg vil.
Hvor fra?
Jeg spiser , men holde kvinden i øjet.
Jeg kan ikke smage noget .
Dette er ikke normal.
Jeg er forvirret .
Jeg tror, et svar jeg finde hjemme .

Jeg går tilbage til mit hus og præsentere mig selv til soveværelse vindue.
Jeg vinker .
Hvorfor ?
Jeg går tilbage ind i huset.

Den er tom.
Jeg går ind i soveværelset .
Jeg føler en smerte i brystet.
Jeg er Larry .
Jeg har skudt mig .

Personen

Tamara – Die Tochter
Kerstin – Freundin der Tochter
Ramos – Der Kerl der den Joga Kurs leitet
Guillermo - Schwul
Larry

Orte

Naslaf GmbH

Kapitelübersicht

Kapitel 1
Kapitel 2
Kapitel 3
Kapitel 4
Kapitel 5
Kapitel 6
Kapitel 7
Kapitel 8
Kapitel 9
Kapitel 10
Kapitel 11

~Erschossen~

Teil 1
erschienen im März 2014.